ÉPITRE

A

M. DE BOURMONT,

OU

SON HISTOIRE EN VERS BURLESQUES.

IMPRIMERIE DE DAVID,
BOULEVARD POISSONNIÈRE, N. 6.

ÉPITRE

A

M. DE BOURMONT,

OU

SON HISTOIRE EN VERS BURLESQUES,

PAR

M. J. D., A. N.

Quand la vérité est punie, soyez sûr que les lois ont été faites pour ceux à qui l'erreur, les abus et les vices sont utiles, et qu'elles préparent et annoncent la ruine d'un empire.

(MABLY.)

Ce ne sont ni les longs règnes, ni leurs fréquens changemens qui causent la chûte des empires; c'est l'abus de l'autorité.

(SYNONYMES.)

En morale on périt par des crimes, et en politique par des fautes.

PRIX : 2 FRANCS.

PARIS,

CHEZ TOUS LES LIBRAIRES DE NOUVEAUTÉS.

—

1830.

AVANT-PROPOS.

« Il n'est valet d'auteur, ni copiste, à Paris,
« Qui, la balance en main, ne pèse les écrits,

a dit Boileau. Il serait donc inutile de demander grâce pour mes pauvres vers burlesques.

« Je ne gagnerais rien sur ce juge irrité,
» Qui fera mon procès de pleine autorité.

Et ce juge, c'est le lecteur. Or, je ne réclame le suffrage de personne. Qu'on me loue ou qu'on me blâme, peu m'importe. J'ai écrit ce que je pensais ; j'ai obéi à l'impulsion de ma conscience ; en un mot, j'ai rempli un devoir : malheur à celui qui m'imputerait à crime d'avoir dit la vérité ! et malheur à la nation où elle est punie ! !

Afin d'épargner à MM. du parquet la peine de se torturer l'esprit pour pénétrer ma pensée et découvrir le but que je me suis proposé, je dois déclarer que je n'ai point eu l'idée de faire d'autres allusions que celles que j'ai clairement établies, et je proteste d'avance et formellement contre toutes interprétations contraires aux règles grammaticales.

AUX BRAVES DE WATERLOO.

Vous qui fîtes entendre, au milieu des combats,
Ce cri : « Meure la Garde et ne se rende pas ! »
Accueillez mon écrit; je vous en fais l'hommage ;
De mon respect pour vous, il est le témoignage.

« Honneur à ces guerriers ! dressons-leur des autels !
» Ils cherchaient à venger leurs drapeaux immortels !!»

(page 19.)

ÉPITRE

A

M. DE BOURMONT.

Je tâche de tourner le vice en ridicule,
Ne pouvant l'attaquer avec des bras d'Hercule.
                              (Lafontaine.

Je chante ce guerrier chéri de la victoire,

Qui déserta nos rangs pour voler à la gloire ;

Qui de nos ennemis alla presser les coups,

Et, par fidélité, se battit contre nous.

Chastes Sœurs, soutenez ma verve et mon courage !

Défendez en ce jour un noble personnage.

Venez guider ma plume, et faites que ma voix

Disculpe son honneur, sans tache aux yeux des rois.

Venez dire qu'un traître a droit à notre estime,

Lorsque son bras défend un prince légitime ;

Et qu'alors le parjure est un acte permis :

Qu'on peut même, au besoin, servir nos ennemis.

Non loin des murs d'Angers, dans un château gothique,

Où son père exerçait un pouvoir despotique,

Bourmont ouvrit les yeux à la clarté du jour, [1]

Cinq ans avant la mort du chantre de l'Amour. [2]

A peine est-il sorti de son adolescence,

Qu'il passe ses beaux jours à manier la lance ; [3]

Et lorsque de Louis le trône chancelant

Ne fut plus soutenu que d'un bras défaillant,

Ce héros s'exila du sol de la Patrie

Et tourna contre nous son bras et son génie. [4]

Guerrier bien ordinaire au milieu des hasards,

De Condé, cependant, il fixa les regards ; [5]

Et quand des flots de sang devaient rougir la Loire, [6]

Bourmont est le héros que proclame l'histoire.

Après avoir rempli ce message éclatant,

Il retourne à Coblentz. Autre avis important

Qui l'en éloigne encor. Non sans danger et peine,

Il seconde les vœux des insurgés du Maine. [7]

Implacable ennemi de notre Liberté,

C'est alors que ses droits à l'immortalité

Eurent pour tout le monde une date précise.

Envoyé par Scépeaux aux bords de la Tamise,

Ce fut là qu'il obtint la Croix de St-Louis : [8]

Tant il donna de soins à la cause des Lys !

A tous nos ennemis il offrit son épée.

Hoche ayant procuré la paix à la Vendée,

Bourmont s'en retourna dans le centre des mers, [9]

Où nos succès donnaient tant de chagrins amers !

Mais dès que de nouveau la guerre vendéenne

Menaça de la mort la classe plébéïenne,

Ami des révoltés, il vole à leur secours, [10]

Commande des *Chouans* qui l'aimeront toujours,

Parce que, dans le Mans, Bourmont fut assez sage

Pour permettre le vol, le meurtre et le carnage. [11]

Ce fut pour notre bien que tout ainsi se fit.

Vous reculez d'horreur à ce triste récit ?

Songez donc que c'était pour la paix de la France;

Qu'il fallait aux Manseaux imposer le silence ;

Que de sévir contre eux avec sévérité

Était juste ; ils aimaient l'affreuse Liberté.

La Liberté ! Bourmont préfère l'esclavage.

On le vit autrefois, courant de plage en plage,

Contre elle appesantir la force de son bras.

L'aimable despotisme a pour lui plus d'appas :

C'est l'objet de son culte et de son espérance.

C'est de lui qu'il attend le bonheur de la France,

Et de nous voir doter de ces hommes pieux,

Qui s'engraissaient jadis du pain de nos aïeux :

De nos temps orageux innocentes victimes.

Il demande pour eux les obits et les dîmes ;

Et pour lui, pour les siens, la féodalité.

Ciel, exauce ses vœux ! de la félicité

Nous goûterons enfin le charme inexprimable.

La loi du bon plaisir et l'arbitraire aimable,

Meneront la corvée habiter parmi nous.

Ainsi du vieux bon temps les jours sereins et doux

Brilleront de nouveau sur la France attendrie.

Français qui chérissez votre belle Patrie,

Remerciez Bourmont ; il fera son bonheur :

Il le porte gravé dans le fond de son cœur !!....

Cependant, une paix vivement demandée

Redonne le repos aux champs de la Vendée.

Bourmont ne pouvant plus combattre son pays,

Le front ceint de lauriers il arrive à Paris,

Où, menacé souvent d'un avenir sinistre,

Il ne présumait point d'être jamais ministre ;....

Mais son patriotisme et ses rares vertus,

Font que les rangs et l'or lui sont certes bien dus !

Il passa dans Paris quelques momens tranquilles ;
Mais contre le Consul des mains lâches et viles,
De lui ravir la vie ayant fait le complot, [14]
Mon héros fut traîné de cachot en cachot,
D'où cependant, soustrait par une main amie,
Il alla se cacher au fond de l'Ibérie. [15]

Il y vivait en paix, lorsque nos bataillons
Du sang des Portugais rougirent leurs sillons ;
Alors, voulant sortir des états des Bragance,
Il demanda l'honneur de servir pour la France,
Et Junot lui permit de suivre nos drapeaux. [16]

Sur les bords que la Loire arrose de ses eaux ;
Où l'infâme Carrier faisait, par ses noyades,
Tressaillir de terreur les douces naïades,
Notre nouvel héros se vit emprisonné. [17]
En proie à ses chagrins, tristement prosterné,
Et se croyant sans doute à son heure dernière,
On l'entendit un jour faire cette prière :

« Ecoute, Dieu puissant, les accens de Bourmont !

« Le crime dans le cœur, la honte sur le front,

« Bientôt enseveli dans la nuit éternelle,

« Dois-je bien espérer que ta main paternelle

« Ne me frappera point avec sévérité ?

« J'ai toujours combattu contre la Liberté,

« Et j'ai porté le trouble au sein de ma Patrie,

« Que je devais aimer, par le sage chérie !

« Même aujourd'hui, courbé sous le poids de mes fers,

« Au grand Napoléon présageant des revers,

« Je nourris dans mon cœur la coupable espérance,

« Si jamais je pouvais gagner sa confiance,

« Qu'au lieu de le défendre et de le soutenir,

« Dans un monent pressant, je pourrai le trahir.

« Grand Dieu! change mon être, ou je mourrai coupable!

« Tu connais mon dessein ; il est inébranlable ;

« Et si de le poursuivre est un crime à tes yeux,

« Je frissonne d'horreur, je suis un malheureux!.... »

A ces mots, du cachot il voit ouvrir la porte.

Un homme, en l'abordant, lui dit : « Je vous apporte

« Un ordre pour sortir. Et quand ? Dès aujourd'hui.

« Le Corse vous attend ; venez auprès de lui.

« Comptant qu'à l'avenir vous lui serez fidèle,

« Que vous aimez la France et que vous n'aimez qu'elle,

« Il veut vous envoyer vers le Napolitain.

« Bénissez Bonaparte et votre heureux destin ;

« Et prouvez désormais par votre obéissance,

« Que Bourmont méritait cet acte de clémence ! »

A compter de ce jour, il suivit nos drapeaux [18]

Et seconda parfois les immortels travaux

De celui qu'il devait reconnaître pour père, [19]

Et qu'il trahit, plus tard, quand le destin sévère,

Fut contraire aux efforts de nos vaillans guerriers.

J'ignore si de Mars il cueillit les lauriers :

C'est ce que nous dira l'inexorable histoire.

Arrivons à ces jours d'odieuse mémoire,

Où nos vaillans guerriers , pressés de toutes parts ,

De leurs corps à l'État en vain font des ramparts :

Il fallut succomber ; notre heure était sonnée.

Et ce fameux héros , de qui la renommée

Naguère proclamait la gloire et la valeur ,

Les traits défigurés de honte et de pâleur ,

Arrive et se démet de la grandeur suprême.

Il appelle son fils dans ce péril extrême ;

Il croit , par ce moyen , appaiser le courroux

De l'Europe acharnée à marcher contre nous.

Vain espoir ! car les rois , envieux de sa gloire ,

Voulaient mieux se venger.... Reprenons notre histoire.

Nous avons déjà dit qu'on peut sans s'avilir ,

Passer à l'ennemi , l'aider et le servir.

C'est ce qu'a fait Bourmont.... Et le public injuste ,

Au lieu de l'en bénir , honnit son nom auguste ;

Le public impoli pousse l'aveuglement

Jusqu'à lui reprocher qu'il faussa son serment ;

Que par cette action sa gloire fut flétrie,
Et qu'il assassina la France, sa Patrie.

Et pour mieux déguiser le but de ses travaux,
A l'aide du public arrivent les journaux,
Plus insolens encor, plus adroits à tout dire.
Ils répandent sur lui le fiel de la satire ;
Oubliant que l'on doit, de toute antiquité,
Des égards aux vivans, aux morts la vérité ;
Rappellent ce qui fut , disent ce qui doit être,
Et chaque numéro que chaque jour voit naître,
Divulgue quelque fait de la France inconnu.
Les journaux savent tout et montrent tout à nu.
A les voir déclamer avec tant d'assurance,
On dirait qu'en effet Bourmont trahit la France.
Jetons sur cette époque un œil impartial.
De ce fameux héros, à l'air fier, martial,
Voyons à Waterloo quelle fut la conduite.
Au moment du danger on dit qu'il prit la fuite ;

Qu'il méprisa l'honneur pour plaire à Wellington,

Et c'est de là qu'on part pour l'appeler félon.

Depuis près de trois mois, le fier vainqueur de Rome,

Promenait dans l'exil les malheurs du grand homme ;

Tout à coup il s'échappe , et l'on voit sur ses pas

Voler comme un éclair nos immortels soldats.

Je ne décide point s'ils devaient reconnaître

En lui leur bienfaiteur , leur tyran ou leur maître ;

Mais quand de l'Espagnol , du Russe et de l'Anglais,

Les avides soldats souillaient le sol Français ,

Nos guerriers , reprenant leur mousquet et leur lance,

S'armaient pour leur honneur, pour notre indépendance.

Honneur à ces guerriers ! dressons-leur des autels !

Ils cherchaient à venger leurs drapeaux immortels ;

A chasser l'ennemi par delà nos frontières ;

Ils couraient se ranger sous leurs nobles bannières ,

Pour sauver leur pays d'un envahissement.

Peut-on leur reprocher un si beau dévouement,

Lorsque l'honneur Français parlait seul à leur âme ?

Quand l'amour du pays nous guide et nous enflamme,

On ne raisonne point, au moment du danger.

Un chef s'offre ; n'importe : on accourt se ranger

Sous l'étendard porté par une main hardie,

Qui vole aux champs d'honneur pour venger la Patrie,

Et qu'il soit plébéïen, proscrit ou potentat,

S'il lave notre affront, c'est l'ami de l'Etat.

Celui qui n'aime pas les lieux qui l'ont vu naître,

S'il n'en est pas banni mériterait de l'être ;

L'honneur et la raison n'ont-ils pas consacré

Que d'aimer la Patrie est un devoir sacré ?

Cependant, de Bourmont l'âme morne et timide

Ne reçut point du Ciel cette vertu pour guide : [20]

Et si de l'île d'Elbe il reçut le captif ;

S'il devint, avec Ney, son partisan actif ;

S'il fit briguer, plus tard, l'honneur de sa défense, [21]

Promettant de l'Anglais abattre l'insolence ;

Si pour Napoléon il jura de mourir,

C'était que , par devoir , il voulait le trahir.

Il conserva toujours cette arrière pensée.

Voulant justifier sa conduite passée :

Lorsqu'il fut des premiers à voler sur ses pas ;

Lorsqu'il lui promettait le secours de son bras ,

Il jurait dans son cœur de devenir un traître.

En servant Bonaparte , il ne vit d'autre maître

. . . . Et bien ! que trouvez-vous

Dans sa fidélité pour vous mettre en couroux ?

Vous direz que sa main est banale , avilie ;

Qu'en trompant Bonaparte il trahit sa Patrie ;

Que dans le sein de Ney il plongea le poignard

Quand du vainqueur d'Arcole il suivit l'étendard

Assuré par Bourmont que c'était là son maître ; „

Qu'il sent peut-être encor battre le cœur d'un traître ;

Qu'en un mot aux Français il doit être odieux :

Vous citez Waterloo : parlons-en , je le veux.

Sans doute à Waterloo , pensant être fidèle ,

Il vendit sa Patrie, il combattit contre elle

Et trahit les sermens faits à Napoléon. [23]

Quoi! pour si peu de chose on le nomme félon!

Vous voulez que ce fait ait pu nuire à la France!

Songez donc que Bourmont n'est rien dans la balance

Dont se sert le destin pour peser les états.

Cependant, en ce jour, chef de nombreux soldats,

Il pouvait, j'en conviens, décider la victoire.

Le fit-il? sur ce point consultez notre histoire :

Elle vous apprendra que sa défection,

Fit tourner la Fortune en faveur d'Albion.

Malheureux Waterloo! jour affreux et terrible!

Pour la première fois, le Français invincible

Vit ses fiers bataillons vaincus et dispersés

Et par les Léopards ses héros renversés.

Epoque humiliante, où la France indignée,

Gémit au bruit des pas d'une armée alliée,

Dont les chefs se disaient nos bons libérateurs !

Sachons nous préserver de pareils protecteurs !

Et si de revenir ils ont jamais l'envie ;

De nouveau s'ils voulaient envahir la Patrie ;

Sachons nous rallier ; redevenons Français,

Et faisons-leur payer les maux qu'ils nous ont faits !

De quel droit, d'une main qu'ils disaient notre amie,

Vinrent-ils profaner l'asile du génie ?[24]

De quel droit ont-ils pris ces sacrés ornemens,

De nos jours de victoire éternels monumens ?....

De Bourmont je reprends la glorieuse histoire ;

Je veux à nos neveux transmettre sa mémoire.

S'il est vrai que, passant dans les rangs ennemis,

Aux règles de l'honneur il ne fut point soumis ;

De tourner contre nous son bras, s'il eut l'audace,

C'était par pur amour pour les enfans d'Ignace ;

S'il reçut notre argent et s'il trahit l'honneur,

C'était pour notre gloire et pour notre bonheur.

Eh bien ! que trouvez-vous là de repréhensible ?

Il faut, Français, il faut être moins susceptible,

Et dans vos jugemens mettre plus de raison.

Pourquoi crier si fort contre sa trahison ?

Avez-vous oublié qu'elle était légitime ?

Je ne saurai jamais qualifier de crime

Ce que l'on peut citer comme ayant procuré,

Le bonheur aux Français ; par eux tant désiré !

Grand Dieu, de tes décrets j'admire la sagesse !

Que pour les pénétrer grande est notre faiblesse !

Ce qui nous semble un mal souvent est un grand bien :

L'homme croit tout savoir et ne sait presque rien.

C'est ainsi que Bourmont est peut-être la cause

Qu'à l'ombre des lauriers la France se repose ;

Peut-être que, sans lui, sans sa noble valeur,

L'Europe n'aurait pas l'indicible bonheur

De vivre sous le joug de la Sainte-Alliance ;....

Villèle et Peyronnet n'auraient jamais en France

Étalé leur système heureux et bienfaisant.

Sans sa désertion , peut-être qu'à présent,

Paris ne verrait pas l'ami de l'ostracisme

(Qui demandait du sang par esprit de civisme) [25]

Siéger tout à son aise au conseil de nos rois.

On le voit maintenant tel qu'il fut autrefois.

Tout change autour de lui : lui seul est immobile (a).

Et ce digne Mangin , dont la louable bile

S'exhala sur Berton par amour du pays,

Le verrions-nous préfet de police à Paris ?

Aurions nous le bonheur de voir au ministère,

Le milord Polignac, ce saint parfois austère

Qui consacra sa vie à disputer nos droits,

Aimant le jésuitisme autant qu'il hait nos lois ?

Et ce simple avocat qui, d'une ardeur guerrière, [26]

(a) Il est sorti du ministère le 18 novembre 1829.

Parmi nos ennemis commença sa carrière,

Dans ses mains, sans Bourmont, aurions-nous vu les Sceaux (a)

L'instruction publique, auteur de tant de maux !

Serait-elle tombée entre des mains habiles ?

Les fils de Loyola vivront enfin tranquilles !

Ce grand-Maître sera leur digne protecteur. [27]

Et Chabrol, qui servit toujours l'usurpateur

Avec tant d'intérêt et tant de complaisances,

Aurait-il de l'Etat dirigé les finances ? [28]

Ferdinand pourrait-il sur son trône s'asseoir ? [29]

Eût-on pensé jamais à ce cabinet noir, [30]

Où tombent chaque jour des lettres amoureuses,

Des secrets importans, des rimes langoureuses ?

Eût-on jamais doté d'un énorme milliard,

Ceux qui, pour notre bien, regretteraient un liard ? [31]

Où seraient les cumuls, les douces sinécures ?

Tant de célébrités, si justement obscures,

Dans leurs salons dorés seraient mortes d'ennui,

Ou dormiraient encor dans un profond oubli.

(a) *Sceaux* est donné ici pour ministère de la justice.

Eût-on vu figurer dans la biographie,

Les noms de Delavau, Franchet et compagnie ?....

Et bien ! Français, et bien ! que ne devons-nous pas

A celui qui trahit, au milieu des combats,

Ses sermens solennels, son chef et sa Patrie?

Ne qualifiez plus de lâche félonie

Un acte auquel, peut-être, on doit tant de bonheur.

N'outragez plus Bourmont : c'est un homme d'honneur.

On croit qu'il est dévot ; aime le jésuitisme ;

Il hait la Liberté, défend l'*ultramontisme* ;

On le voit chaque jour adoré dans Paris,

Faire des vœux ardens pour le bien du pays.

Il doit être en crédit à la cour du Saint-Père.

Son caractère est doux ; mais cependant austère :

Aussi, si l'on résiste à ce qu'il prescrira,

Gare nos protecteurs ! il les rappellera.

Quel héros que Bourmont ! quel homme inestimable !

Dire du mal de lui ! quelle action blâmable !

Cessez donc, j'y reviens, de le calomnier,

Bourmont a des vertus que l'on ne peut nier.

Français ! aimez toujours cet homme magnanime.

Entourez sa personne et d'égards et d'estime.

Mais si quelqu'un vous dit qu'il aime son pays ;

Qu'il est digne du poste où le trône l'a mis ;

Qu'il servira la France en éclairant son maître,

Et qu'à tort on l'appelle un être ingrat, un traître,

Un homme sans honneur.... au moins n'en croyez rien;

Mais aimez-le toujours ; pour moi je l'aime bien !!!

Mais malheur à mes vers, si monsieur Laurentie

Croit reconnaître en eux une affreuse ironie !

Dans un pompeux article aussi long qu'ennuyeux,

Il ira conjurer la colère des cieux,

Afin d'enchevêtrer ma Muse libérale.

Il maudira l'auteur, dont la plume infernale

Aura tracé l'écrit objet de son effroi.

Il appellera Dieu, l'Autel, Rome et la loi,

Pour punir au plus tôt ma main audacieuse.

Réveillée en sursaut, la *Gazette* verbeuse,

A ces cris furibonds mêlera ses clameurs.

Monsieur Genoude aussi, d'un pathos de fureurs

Distillera sur moi le venin de sa bile...

Criez ! votre courroux à mes vers est utile.

Alors, pour les Français ils auront des appas.

Si vous les approuviez ils ne les liraient pas ;

Car malheur à l'écrit digne de vos suffrages !

Ce qui ne vous plaît pas est honoré des sages :

Ainsi vous donnerez à mes faibles écrits,

Beaucoup plus de mérite et beaucoup plus de prix.

Ne crains-tu pas, Bourmont, l'orage qui s'apprête ?

Il en est temps encor d'éviter la tempête :

Vîte clôture un rôle à la France odieux.

Quoi ! pour te retirer il faut l'ordre des cieux !

La France te l'a dit, cela doit te suffire. [31]

Prête un instant l'oreille aux accens de ma lyre ;

Et si le Dieu des vers ne me fait point mentir,

Quitte le Ministère, hâte-toi d'en sortir :

Le poste, tu le vois, est par trop difficile.

Tu ne pourrais , d'ailleurs , y faire rien d'utile ;

Car , voudrais-tu le bien , que tu ne le peux pas.

Crois-moi , vole plutôt affronter le trépas :

Cours des Algériens réprimer l'insolence. [33]

Ne vois-tu pas déjà le bâton qui s'avance ?....

D'ailleurs, tu serviras la Congrégation.

Cours dans les murs d'Alger faire ta mission ,

Et du dey arrogant , incrédule et maussade ,

Faire goûter les fruits d'une sainte croisade.

Et si tu trouves-là des biens vrais et certains ;

Si tu peux t'arranger dans ces climats lointains ;

Tu pourras y rester : la France n'a que faire

De ta noble personne et de ton ministère :

Empare-toi d'Alger : si tu peux sois-y roi ; [34]

Volontiers les Français se passeront de toi !

NOTES.

1. 2 septembre 1773.

2. J.-J.-Rousseau.

3. Il était officier aux Gardes-Françaises en 1789.

4. 1789.

5. A Coblentz.

6. Il fut chargé par le prince de Condé d'une mission secrète, dont le but était de décider ou d'organiser l'insurrection de Nantes.

7. M. de Bourmont était, à cette époque, major-général de l'armée de Scépeaux.

8. En décembre 1793. Il reçut cette décoration des mains du comte d'Artois.

9. 1799. — En Angleterre.

10. Même année.

11. A la tête d'environ 1500 *Chouans,* il s'empara de la ville du Mans, qu'il occupa pendant trois jours.

« Il est impossible, a dit un témoin oculaire, de comparer la con-
» duite de ses troupes, dans cette malheureuse ville, autrement qu'à
» celle des Tartares de Gengis-khan. Il fut pillé la valeur d'environ
» un million ; tous les papiers publics furent brûlés : la barbarie fut
» poussée jusqu'à livrer aux flammes 60 volumes in-folio, contenant
» l'Histoire du Mans depuis 1481 ; mais surtout, ce dont on ne se
» rappellera jamais qu'avec le sentiment de la plus profonde hor-
» reur, c'est l'assassinat, dans leurs lits, des soldats de la 40e de-
» mi-brigade. »

12. Par le Ministre Fouché, qui s'obtinait à voir en lui un agent royaliste.

13.   Épigramme.

> Si je savais le sort qui m'était attendu,
> Quand pour Ministre on me fit reconnaître,
> Ma foi, Messieurs, je veux être pendu :
> Ah ! Monseigneur est trop digne de l'être !

Polignac, je le conçois encore, mais Bourmont, cela n'est pas possible ! L'imprimeur s'est trompé. (*Un grand personnage.*)

Qu'il faut être méchant ! ! !

14. J'entends parler de la machine infernale.

15. Il s'évada de la citadelle de Bezançon, où il avait été transféré de celle de Dijon. Il avait été enfermé dans les prisons du Temple, à Paris, jusqu'en 1803.

16. Après la prise de Lisbonne, par ce général, en 1808.

17. Ce fut à Nantes, et par les ordres du préfet de la Loire-Inférieure.

18. 1810.

19. On sait que, lorsqu'il se retira en Portugal, en 1805, Bonaparte consentit à ce que le séquestre mis sur ses biens fût levé, etc.

20. Les grands sacrifices de l'intérêt personnel au bien public, demandent un effort qui élèvent l'homme au-dessus de lui-même ; et la gloire est le seul prix qui soit digne d'y être ajouté. Qu'offrir à celui qui immole sa vie, comme Décius ; son honneur, comme Fabius ; son ressentiment comme Camille ; ses enfans, comme Brutus et Manlius ?

M. de Bourmont, mettez cette citation à profit....

Il est peut-être à propos de rappeler ici les dernières paroles de Bayard au duc de Bourbon :

« Ce n'est pas moi, dit ce héros, qui suis à plaindre ; je meurs en
» homme de bien. Mais j'ai pitié de vous, qui combattez contre vo-
» tre roi, votre Patrie et vos sermens. »

22. Ce furent le général Gérard, le maréchal Ney et l'infortuné
Labédoyère qui, à sa prière, sollicitèrent et obtinrent qu'il fût re-
mis en activité de service.

22. Voici comment s'exprime à ce sujet l'auteur du *Ministère
Polignac :*

« M. de Bourmont était encore tout chaud et bouillant de roya-
» lisme, lorsque tout à coup Bonaparte se mit en fantaisie de venir
» à Paris. Grande fut la peine du général ; cependant, comme il lui
» sembla meilleur et surtout plus sûr de se prononcer pour une res-
» tauration qui entrait à Paris, que pour une restauration qui par-
» tait pour Gand, il se décida pour Bonaparte. Le maréchal Ney
» était flottant entre ses anciens et ses nouveaux sermens ; Bourmont
» lui représenta que tenir pour les Bourbons c'était folie. (Telles
» sont les expressions du *Moniteur.*) Bourmont, dit le maréchal, à
» la Chambre des Pairs, me dit qu'il fallait se joindre à Bonaparte,
» que les Bourbons avaient fait trop de *sottises*, qu'il fallait les
» abandonner ; et le maréchal se laissa entraîner. »

Puis, comme il était encore incertain et indécis, ne sachant s'il
devait publier les proclamations en faveur de Napoléon, qu'il venait
de recevoir, le maréchal s'adressa encore à M. de Bourmont. « Je le
sommai, dit-il, *au nom de l'honneur*, (comme si M. de Bourmont
eût pu comprendre ce mot,) de me dire ce qui se passait ; Bourmont
prit la proclamation, la lut, et dit qu'il était absolument d'avis de
la publier : il alla rassembler les troupes, et vint chercher le maréchal pour lui faire cette proclamation.

« Or, savez-vous, entre autres phrases, la phrase que contenait

»' cette proclamation ? La voici : *La cause des Bourbons est à jamais* » *perdue.* »

Vint le procès de l'infortuné Ney. M. de Bourmont ne faillit pas de venir poursuivre l'illustre accusé de ses dépositions, où il eut l'impudence de mêler les plus cruelles ironies. Il lui devait cette marque de gratitude, pour les témoignages de confiance qu'il avait reçus de lui, etc., etc.

23. Pendant que M. de Bourmont galoppait sur la route de Gand, on le jugeait comme traître dans le camp Français, et l'on mettait à l'ordre du jour de l'armée les lignes suivantes :

« Ordre du jour. Charleroi, 13 juin 1815 au soir.

« Le général Gérard a rendu compte que le lieutenant-général » Bourmont, le colonel Clouet et le chef d'escadron Villoutrey, sont » passés à l'ennemi ; le major-général a ordonné qu'ils fussent jugés » sur-le-champ conformément aux lois. »

24. Le Musée de Paris, dévasté par les Alliés en 1814.

25. La Bourdonnais (*François-Régis*, comte de), Ministre de l'Intérieur, né en mars 1767.

Ce fut le 11 novembre 1816, qu'il lut à la Chambre des Députés son fameux projet de loi que, pour faire une cruelle et détestable plaisanterie à ceux dont il demandait la tête, il appelait loi d'amnistie ; il y proclamait la nécessité des exemples salutaires, mettant l'échafaud à l'ordre du jour, et divisant la France en catégories au profit des bourreaux. (Extrait du *Ministère Polignac.*)

26. Courvoisier (Jean-Joseph-Antoine), Ministre de la Justice.

On assure qu'il a été élevé au Ministère, pour avoir placé son fils chez les jésuites. Dans ce cas, il doit beaucoup aux journaux constitutionnels qui ont publié ce fait. Qui sait s'il leur en témoignera une grande reconnaissance ! ! !

27. Montbel (le baron de), Ministre de l'Instruction publique et Grand-Maître de l'Université.

« Il y a des cas, a-t-on dit en parlant de cet honorable défenseur » du Triumvirat , où un biographe se trouve bien embarrassé : c'est » quand il a promis de publier l'histoire de tel grand homme du » jour , et que la vie de cet éphémère peut se résumer ainsi : « Il est » né , il a tété, il a grandi. » (*Biographie du Ministère Polignac.*)

On pourrait dire à ce baron : «Voulant être ce qu'on n'est pas, on » parvient à se croire autre chose que ce qu'on n'est ; et voilà com- » ment on devient fou. »

28. Chabrol de Crousol (*Jean-André* , comte de), Ministre des Finances.

On l'a vu occuper dans tous les temps des postes lucratifs : audi- teur au Conseil-d'État en 1805 , maître des requêtes en 1806 , mem- bre du Conseil de Liquidation de Toscane en 1809 , président de la Cour Royale de Paris en 1810 , intendant-général des finances des provinces Illyriennes en 1811 ; aussi, a-t-on dit de lui : «Qu'il est- » un de ces gens sans lequel l'État ne saurait marcher. »

29. J'entends parler de la guerre d'Espagne en 1823 , qu'on a l'impudeur de trouver trop coûteuse.

Qu'il faut bien se garder de confondre ce roi avec cet autre Ferdi- nand , qui préféra rester entre les mains des Algériens, qui l'avaient pris à Alger, plutôt que de rendre Ceuta pour sa rançon.

30. Voyez le livre Noir , etc.

Voici ce qu'a dit du cabinet Noir , M. Petou, député de la Seine- Inférieure , dans la séance du 3 mai 1828 :

« Je tiens le fil de ce labyrinthe obscur. Ce comité était composé » de vingt-deux personnes ; les membres de cet odieux repaire pro- » fitaient des ténèbres pour s'y rendre à des heures convenues ; ils » n'en sortaient qu'avec les plus grandes précautions, pour se déro-

» ber aux regards du public : 3o,ooo fr. par mois , pris sur les fonds
» du Ministère , servaient à solder ces vils employés. »

31. Indemnité accordée aux émigrés. Leurs services seraient bien payés , s'ils n'étaient impayables.

3a Voyez l'adresse de la Chambre des Députés , en réponse au discours de la Couronne.

33. Il n'y a pas de risque que l'absence de M. de Bourmont expose les Français au malheur que courût Numérien, fils de Carus , empereur romain. On sait que ce tendre fils pensa perdre les yeux à force de pleurer son père.

34. Alger, capitale du gouvernement de ce nom, est une ville. tristement perchée sur un rocher. Sa population est mêlée des Turs, des Maures, des Juifs , des Arabes Bédouins, et tous ont une égale aversion pour les chrétiens. Malheur à celui qui est fait prisonnier par ces gens-là ! Mieux vaudrait , pour lui, être condamné à passer sa vie aux bagnes. Mais , ce n'est pas là le seul danger à courir. Il en est d'autres non moins grands , et des difficultés à vaincre qui ne sont pas peu de chose. Non-seulement mon héros aura à redouter la faim et la soif , dans les déserts et les sables brûlans qui entourent la ville ; mais aussi le lion, le chakal, la hyène et de petits scorpions, dont la piqûre est mortelle , lui déclareront une guerre à mort. Ainsi, hommes , bêtes féroces et vénéneuses, sont des ennemis bien dignes de lui ; mais véritablement indignes de nos vaillans guerriers. Au reste , l'administration de ce pays est très-philanthropique : on étrangle , on mutile, on donne la bastonnade , on rançonne , on vous fait esclave , on vous brûle ; voilà les peines ordinaires de l'endroit.

Convenez donc, cher lecteur, que l'équipée est belle et digne des conceptions du ministère actuel ! Quelle diable d'idée est-elle passée par la tête de notre *goddam* de Polignac , lorsqu'il s'est imaginé obtenir une *réparation* d'un peuple qui ne comprend pas le droit des gens ! Et mon Dieu ! sans être un Polignac, (et je m'en félicite,) je trouverais bien un moyen plus simple, moins hasardeux, et promettant un résultat plus certain et plus durable. Et si quelqu'un me disait, quel est-il ce moyen ? Je répondrais : de marcher franchement dans les voies constitutionnelles, afin de donner ainsi à la France la sécurité qn'elle demande et qu'elle mérite. Alors j'obtiendrais d'elle l'argent nécessaire pour mettre notre marine sur un pied formidable ; et dès-lors, je n'aurais pas besoin d'aller à Alger pour faire respecter le pavillon français aux Algériens. Voyez petits grands hommes si c'était le cas d'enfanter avec tant de peine et de déraison un plan chevaleresque que je regarde dénué de cause et de probabilité de succès.

FIN.

www.ingramcontent.com/pod-product-compliance
Ingram Content Group UK Ltd.
Pitfield, Milton Keynes, MK11 3LW, UK
UKHW021154140726
13695UKWH00005B/2135